FRANCISQUE SARCEY

GARE A VOS YEUX !!

SAGES CONSEILS

DONNÉS PAR UN MYOPE A SES CONFRÈRES

PARIS

PAUL OLLENDORFF, ÉDITEUR

28 *bis*, RUE DE RICHELIEU, 28 *bis*

1884

GARE A VOS YEUX!!

DU MÊME AUTEUR

Le Mot et la Chose. Un élégant volume grand in-18,
3ᵉ édition. . . . . 3 fr. 50

Il a été tiré de cet ouvrage 25 exemplaires de luxe
sur papier de Hollande. . . . . 8 fr.

SOUS PRESSE :

MES SOUVENIRS DE JEUNESSE

FRANCISQUE SARCEY

GARE A VOS YEUX!!

SAGES CONSEILS

DONNÉS PAR UN MYOPE A SES CONFRÈRES

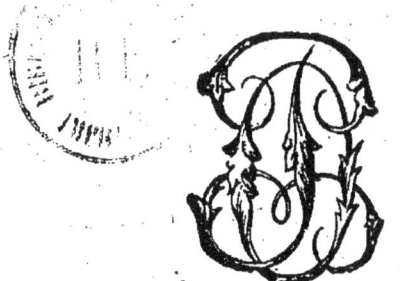 

PARIS

PAUL OLLENDORFF, ÉDITEUR

28 *bis*, RUE DE RICHELIEU, 28 *bis*

1884

Tous droits réservés.

PRÉFACE

C'est à vous, ô myopes, mes frères, que je dédie ce petit livre. Mon éditeur l'a imprimé en gros caractère et sur du papier teinté pour soulager vos pauvres yeux.

Je crois que le temps que vous emploierez à le lire ne sera pas du temps perdu.

Quand un homme a failli se casser le cou en passant par de mauvais chemins, il dit aux autres : Ne prenez pas par là; c'est plein de fondrières.

Je suis cet homme.

Je viens de subir l'opération de la cataracte; et je vous dis : Ne prenez pas par là... Vous aussi, autant vous en pend à l'œil, si vous ne le ménagez, si vous ne prenez des précautions.

Ces précautions, je les indique. A vous de les suivre.

Lisez le récit de mon aventure; et tremblez, non pour moi qui ai fini par m'en tirer; mais pour vous, qui n'auriez peut-être pas la même chance.

C'est de vous qu'il s'agit; c'est vous qui êtes en cause.

Gare à vos yeux!

GARE A VOS YEUX!!

CHAPITRE PREMIER

JE SUIS NÉ MYOPE

Je suis né myope, outrageusement myope. Cela n'a l'air de rien, cette petite phrase par laquelle je débute : *Je suis né myope*. Qu'y a-t-il, en effet, de plus naturel que de naître myope, comme on naît bancal, bossu, dur d'oreille ou même plus simplement imbécile? Eh bien! c'est une proposition malsonnante, téméraire et sentant l'hérésie.

1

Nombre de médecins soutiennent, je ne sais pourquoi, qu'on ne naît pas myope, mais qu'on le devient. Quel plaisir ont-ils à nous assimiler aux cuisiniers plutôt qu'aux rôtisseurs? Car vous connaissez l'apophtegme célèbre :

On devient cuisinier, mais on naît rôtisseur.

Je l'ignore, mais la chose est certaine. J'ai lu, en ma qualité de myope authentique, presque tout ce qu'on a écrit sur la myopie et j'en ai causé avec nombre de docteurs jurés et patentés. Tout ce qu'ils ont pu m'accorder, c'est que si vraiment j'étais né myope, — et ils avaient l'obligeance de ne pas douter de ma parole, — j'étais une exception, une de ces illustres exceptions qui confirment la règle.

Va pour une exception! mais la science en pensera ce qu'elle voudra, je suis né myope et le souvenir du jour où j'ai eu, pour la première fois, la sensation de cette myopie est ineffaçablement gravé dans ma mémoire.

Je ne saurais dire au juste quel âge j'avais, quand cette myopie me fut révélée. Les circonstances de lieux et de temps qui ont accompagné cette révélation m'inclinent à croire que j'avais de sept à neuf ans.

Mon père était maître de pension, et dans la cour de l'établissement qu'il dirigeait il y avait une fort longue avenue de vieux tilleuls, qui, en été, par l'entre-croisement de leurs rameaux, formaient un bel ombrage. C'était là que je jouais, tantôt avec mes petits camarades, tantôt seul en famille.

Un jour, il m'arriva de prendre par
gaminerie les grosses lunettes d'argent
que mon père portait toujours sur le
nez et de les mettre sur le mien, comme
font les enfants qui s'amusent.

Il y a cinquante ans de cela : la sensation que j'éprouvai est encore présente
à ma mémoire. Je poussai un cri d'étonnement et de joie. Jusqu'à ce jour, je
n'avais jamais vu la voûte de feuillages,
qui se courbait au-dessus de ma tête, que
comme une grosse nappe verte et com-
pacte, au travers de laquelle ne passait
aucun jour. Je vis tout à coup, ô surprise ! ô stupéfaction ! ô ravissement !
que, dans ce dôme, il y avait des percées
de lumière ; qu'il se composait de feuilles
distinctes, qui n'étaient pas soudées les
unes aux autres ; que le soleil filtrait au
travers et s'y jouait en les nuançant

de verts tantôt plus lumineux, tantôt
plus sombres. Ce qui m'étonna le plus,
ce qui me jeta dans un enchantement
dont je ne puis parler encore sans émo-
tion, c'est que, par certains trous du
feuillage, j'aperçus soudainement, par-
dessus, bien loin, de petits coins de ciel
qui étaient tout bleus. Je battis des mains
et fus comme en extase.

J'étais fou d'admiration et de joie.

Je n'eus pas de cesse qu'on ne m'eût
donné des lunettes. J'eus, en ce temps-là,
comme un enivrement de regarder. Tous
ces objets, que j'avais crus jusqu'alors
sans contours précis ni arêtes vives, prenaient pour moi des aspects nouveaux
et singuliers. Des plans se dessinaient à
mes yeux, et c'était pour moi une source
inépuisable de découvertes et d'étonnement, car les choses que j'avais vues se

confondre avec d'autres semblaient s'en
détacher, sortir et s'avancer vers mon œil.

Je me souviens d'un jeu auquel je me
livrai alors et qui me passionna. Je me
couchais dans un pré et je m'amusais à
ôter et à remettre alternativement mes
lunettes. Quand je les remontais sur
mon front, la prairie revêtait pour moi
l'aspect uniforme d'un tapis de billard;
c'était une grande étendue de vert sans
accident. Quand je les laissais retomber
sur mon nez, je voyais aussitôt étinceler
des milliers de petits brins d'herbe fris-
sonnant au moindre souffle, dont la
couleur changeait, selon les caprices de
la lumière et de l'ombre. Une foule de
petites fleurs montraient leurs têtes
blanches ou bleues. C'est un spectacle
dont je ne pouvais me rassasier.

Tous ces souvenirs me sont restés si

nets et si distincts dans la mémoire que je ne puis douter de leur réalité. Ce n'est pas une illusion que je me fais, c'est bien véritablement ce que j'ai senti.

Et, toute ma vie, je suis allé ainsi de surprise en surprise.

Croiriez-vous qu'à quinze ou seize ans, lisant, dans un livre de Toussenel, je crois, les mœurs et les habitudes des oiseaux, c'était pour moi une extraordinaire inquiétude de savoir comment l'auteur avait pu connaître tous ces détails : « Car enfin, me disais-je, ces oiseaux, on ne les voit pas; on les entend chanter et c'est ainsi que l'on sait qu'ils existent; mais jamais personne n'a vu un oiseau dans un arbre? »

C'est qu'en effet, pour moi, je n'en avais jamais vu que lorsqu'ils traversaient comme un trait un grand espace

de ciel clair. C'était une noire virgule
fuyant dans l'atmosphère. Mais des oiseaux dans les arbres, sous un feuillage,
leur plumage se confondant avec l'écorce
sombre! Celui qui prétendait les avoir
suivis dans leurs habitudes, dans leurs
amours, dans leurs jeux, ne pouvait être
qu'un joli farceur.

Quand j'arrivai à Paris (j'avais alors
trente ans), je sentis le besoin de connaître l'œuvre des grands peintres, puisqu'on parlait beaucoup peinture autour
de moi. Je n'avais, à vrai dire, jamais
regardé un tableau de ma vie. Un tableau, même quand je le regardais avec
des lunettes, me faisait l'effet d'une
peinture plate collée sur un fond
également plat. Je m'étais bien des fois
creusé la tête pour comprendre ce que
l'on appelait un plan et je n'étais ja-

mais parvenu à m'en former une idée.

Je ne faisais part à personne de mes
perplexités, ne voulant pas prêter à
rire. Je m'en allais seul au musée, tous
les jours, armé d'une forte jumelle qui
rétablissait pour moi, au moins dans le
champ de ma lorgnette, les conditions
de la vue normale, et c'était alors pour
moi une stupéfaction inouïe de voir, entre
une robe et les pieds d'une femme, de
l'espace, de l'air. J'ôtais ma lorgnette ;
la robe collait sur les jambes de la femme. C'était un portrait découpé dans
du papier peint. Je remettais ma lorgnette sur mes yeux, et alors, au bout
de quelques secondes d'une attention
fixe et violente, je revoyais la robe se
soulever et s'emplir d'air.

Et, dans ce moment encore, j'ai une
jouissance tout à fait nouvelle et impré-

vue. L'opération que je viens de subir, si elle m'a rendu fort difficile, pénible même, la lecture et l'écriture, a en revanche allongé ma vue. L'œil qui m'a été rendu n'est pas encore absolument normal ; cependant il voit de loin, de plus loin tout au moins qu'autrefois.

Eh bien ! c'est pour moi un plaisir sur lequel je me blaserai sans doute, mais dont je jouis avec une sorte de volupté, c'est un plaisir sans égal de regarder les gens avec qui je cause et de suivre leurs idées ou leurs sentiments sur le jeu de leur physionomie.

Je puis dire que je n'avais jamais encore vu un visage humain. Théoriquement, je savais bien ce que c'était qu'un méplat, mais c'est seulement depuis quinze jours que j'ai vu des méplats dans la réalité.

CHAPITRE II

COMMENT ON DEVIENT MYOPE

Les myopies extrêmes comme celle dont j'ai été victime sont par bonheur assez rares. A ce degré, elles constituent des infirmités véritables.

Mais la myopie ordinaire tend au contraire à se généraliser chez nos populations d'Europe ; elle est devenue comme un mal endémique, qui va s'aggravant tous les jours.

L'antiquité ne semble pas avoir connu la myopie. Vous savez quelles étaient chez les Grecs et chez les Romains les énormes dimensions des théâtres et des

cirques. Trente mille spectateurs y te-
naient à l'aise. Ces spectateurs n'avaient
pas de lorgnette et n'en sentaient pas le
besoin. Les écrivains de l'antiquité nous
ont légué des milliers de récits, soit des
jeux du cirque, soit des représentations
théâtrales. Jamais il n'y est fait allusion
à la difficulté qu'aurait eue un spectateur
de voir le détail de ce qui se passait sur
la scène.

L'empereur Néron est un des rares
hommes de l'antiquité dont l'histoire nous
ait dit qu'il avait la vue courte. On remar-
quait comme une nouveauté extraordinaire qu'il avait pris l'habitude de regarder au cirque à travers une manière de
gros diamant, qui, sans doute, avait la
propriété de lui grossir les objets et peut-
être de les lui rapprocher.

J'imagine qu'il en était des anciens

comme de nos marins d'aujourd'hui qui,
habitués de père en fils à regarder les
objets lointains, ne lisant jamais, laissant
le sommeil fermer et reposer leurs yeux
aussitôt que le soleil a disparu de l'ho-
rizon, acquièrent ces vues perçantes, dont
Fénimore Cooper se plaît également à
douer les Indiens sauvages de ses romans.
Dans la vie civilisée, nous lisons beaucoup, nous lisons incessamment; le papier écrit et le papier imprimé, qui désac-
coutument nos yeux de regarder de loin
et les forcent à user de la vision rappro-
chée, nous les accourcissent et nous les
perdent. Nous travaillons de nuit comme
de jour à des lumières factices qui ne
sauraient avoir, si brillantes qu'elles
soient, l'éclat doux et reposant du plein
jour. L'œil est de tous nos organes celui
de qui nous exigeons le service le plus

continu et le plus fatigant. Quand nous
avons marché longtemps, nous nous
asseyons ou nous nous couchons, nos
jambes se détendent et reprennent de
nouvelles forces. Nous ne soumettons pas
le cerveau à un labeur sans proportion
avec ses forces ; quand il est las, il nous
en avertit par une bonne migraine ; nous
le dételons et le mettons à l'écurie. L'œil
travaille toujours ; il passe sans relâche
du journal au livre, du livre aux papiers.
Le soir arrive, l'homme civilisé lui impose
une fatigue encore plus terrible : il
l'oblige à regarder à travers une lorgnette
des spectacles aveuglants, ou à suivre
sur des cartes qu'il manipule et retourne
des couleurs voyantes.

Étonnez-vous après cela que, dans
nos temps modernes, la vue de l'homme
se soit accourcie, et que le nombre

des myopes augmente tous les jours.

Cette augmentation est effroyable; elle a pris même, en ces dernières années, des proportions si inquiétantes, que tous les médecins et tous les hygiénistes s'en sont préoccupés.

Un seul détail, dont je puis garantir l'authenticité, vous révèlera à quel excès le mal est porté aujourd'hui.

M. Perrin, l'illustre oculiste, me disait qu'il a été à même d'étudier les progrès de la myopie dans les grandes écoles du gouvernement.

— En quinze ans, me disait-il, la proportion des myopes, qui était à l'École polytechnique de trente pour cent, s'est élevée à cinquante pour cent.

Il s'agit, bien entendu, de myopes réels, authentiques, dont la vue est fort au-dessous de la moyenne ordinaire, car, si l'on ne parlait que de vues qui ne sont que légèrement plus courtes, la moyenne des myopes serait infiniment plus considérable.

Un des grands opticiens de Paris m'affirmait que, sur cent élèves de l'École polytechnique, quatre-vingt-dix au moins étaient réduits à porter lunettes.

Après cela, peut-être cet opticien était-il orfèvre !

En Allemagne, le mal, à ce qu'il paraît, est encore plus grave que chez nous. Les Allemands lisent davantage, et leurs lettres gothiques fatiguent plus la vue que ne le fait notre caractère romain. Presque tous les Allemands portent lunettes, et l'on m'assure encore que, dans la vie ordinaire, l'habitude commence à se répandre, même chez ceux qui possèdent une vue normale, de se reposer

les yeux derrière des verres de vitre
teintés de bleu. Eh bien! il faut que
vous le sachiez... on l'a déjà souvent dit,
mais pas assez à mon sens, et surtout on
ne l'a dit que dans des rapports officiels
ou dans de gros livres de médecine que
personne ne lit guère : toute myopie, si
faible soit-elle, chez un enfant ou chez un
jeune homme, a une tendance à se déve-
lopper, à s'accroître, à s'aggraver, si l'on
ne prend des précautions nombreuses,
minutieuses même, pour conserver cette
vue que l'hérédité a faite tendre.

Il y a un préjugé, un préjugé absurde,
un préjugé déplorable, qui a déjà fait des
milliers de victimes, sans me compter ou
en me comptant, comme vous voudrez :
c'est que les vues des myopes sont les
plus résistantes.

Eh bien ! rien n'est plus faux, et je

2

supplie tous mes confrères de le répéter
sans cesse à la population ; je supplie le
Petit Journal, qui a tant de lecteurs dans
toutes les classes de la société, de m'aider à détruire ce préjugé ridicule. Non,
cela n'est point vrái, les vues de myopes
ne sont pas les plus résistantes ; non, les
myopes n'ont pas, pour compensation à
l'ennui de voir mal, l'assurance de voir
mieux dans leur vieillesse.

Il faut que mes confrères en myopie
se pénètrent bien de cette idée, c'est
qu'il n'y a de bonnes vues que les vues
normales ; c'est que les vues de myopes,
j'entends, de myopes avérés, sont toujours
de mauvaises vues ; c'est que tout homme
qui se sent obligé par sa vue devenue
courte, de coller son nez sur un livre, doit
immédiatement, au lieu de se réjouir
comme un imbécile, comme je l'ai fait

moi-même, en se disant : « Au moins suis-je sûr que j'ai des yeux solides et qui ne peuvent que s'améliorer avec l'âge; » oui, cet homme-là doit tout de suite aller chez l'oculiste, le consulter, prendre son avis sur les lunettes dont il aura à se servir, sur les précautions qu'il lui faudra prendre.

Et je ne lui cacherai pas qu'il lui en faudra prendre beaucoup.

Il y a encore un autre préjugé dont il devra se garder comme du feu; j'y ai été pris et je souhaiterais que mon exemple servît de leçons.

J'avais toujours entendu dire, et cela se répète en effet partout, qu'il vaut mieux, quand on est myope, ne pas user de lunettes pour lire et écrire, parce que les lunettes fatiguent l'œil. Il faut, disait-on, le contraindre et l'habituer à travailler sans le secours d'aucun verre.

Eh bien! c'est une pure bêtise. Je vous assure, je vous jure que c'est une bêtise, et je ne puis parler de cette bêtise sans une sorte de colère, car j'en ai été la victime.

Quand je pense que moi, qui me pique de philosophie, moi moraliste juré qui me plais à analyser les opinions des hommes pour en discerner le vrai et le faux, je me suis laissé stupidement prendre à un lieu commun, à une phrase toute faite, par la seule raison que cette phrase toute faite m'avait été dite et redite cent fois, mille fois en mon enfance! Quand je pense que je m'exterminais à lire et à écrire des jours entiers sans lunettes, alors que j'aurais été si heureux d'en mettre! Quand je pense que je me privais de ce plaisir infini de voir, pour

ne pas fatiguer mes yeux, et que c'était
précisément ce travail excessif auquel
je les soumettais qui allait m'en perdre
un complètement et mettre l'autre à deux
doigts de sa ruine !

Oui, c'est parce que j'ai cru comme
un sot à un dicton banal, dans une chose
qui pourtant m'intéressait si fort, c'est
pour cela que j'ai failli devenir aveugle.

Durant ce travail tête baissée sur le
papier, les deux yeux se donnaient un
mal infini pour converger tous deux sur
le même point qui était trop rapproché
de la vision. Le plus faible a péri ; une
congestion l'a tué en décollant la rétine.
Si j'avais usé de lunettes, me servant
d'un numéro raisonnable, j'aurais encore
cet œil-là qui est abîmé pour toujours.

Que mon exemple vous serve, ô myopes,
mes frères ! Écrivez en lettres majuscules

sur le mur de votre chambre à coucher,
de votre cabinet de travail, de votre salle
à manger, de votre corridor, écrivez
partout ces deux sentences, que vous ne
sauriez avoir trop souvent sous les yeux,
sous vos pauvres yeux :

1° Les mauvaises vues sont des vues
mauvaises ;

2° Les mauvaises vues (qui sont des
vues mauvaises) doivent en travaillant
s'aider de lunettes appropriées à ces
vues.

Mais je n'ai pas tout dit. Il faut,
puisque j'ai commencé, que je débonde
mon cœur jusqu'au bout.

CHAPITRE III

L'ÉCOLE EST POUR BEAUCOUP

DANS LA MYOPIE

C'est le collège, le lycée, la pension, et, pour tout dire d'un mot, c'est l'école sous toutes ses formes qui a contribué, dans une grande mesure, à rendre la myopie plus fréquente et plus grave.

Je me souviens qu'à l'institution Massin, — et l'institution Massin était pourtant réputée pour être une des meilleures de Paris; elle avait une clientèle fort riche et qui payait bien, — les salles d'étude du petit collège se trouvaient dans un vieux bâtiment en contre-bas de

la rue. Elles prenaient jour par des
fenêtres ou, pour mieux dire, par des
soupiraux qui ouvraient au ras de la
rue et qu'il avait fallu garnir de barreaux
de fer.

Ces deux fenêtres étroites versaient
dans la salle, à travers des carreaux
toujours mal lavés, une lumière avare
et terne. Elle était à peu près suffisante
pour éclairer les élèves qui travaillaient
juste au-dessous de ces soupiraux. Mais
à l'autre bout de la cave c'était presque
l'obscurité.

Je puis, en toute liberté, parler de
cette organisation, puisqu'elle a disparu
et que ces trous infâmes ont été rempla-
cés par des bâtiments spacieux.

Mais c'est là dedans que j'ai passé
ma jeunesse. Le soir, nous avions un
quinquet pour dix ou douze élèves; et

comme l'ombre de ma tête baissée sur
le papier me gênait pour écrire, je me
rappelle fort bien que j'avais pris l'habitude de la pencher de côté et que je ne
travaillais plus que d'un œil, celui que
j'ai perdu probablement, car c'est celui-
là qui a dû se tuer à ce régime.

Toutes les installations n'étaient certainement pas aussi mauvaises que celle
que je viens de décrire. J'en appelle
pourtant au souvenir de tous les hommes
de ma génération : est-ce que jamais, du
temps où nous étions écoliers, on s'est
inquiété de cette question, qui est cependant si importante ?

Au lycée Charlemagne, nous n'avions
point de table, nous étions forcés d'écrire
sur nos genoux. Il fallait donc quand on
avait la vue faible, ou se courber en
boule, le dos voûté, la tête au ras des

genoux, au risque d'une congestion, ou écrire au jugé, en s'arrachant la vue.

Nous avons tous passé par là, et c'est miracle si beaucoup d'entre nous n'y ont pas laissé leurs pauvres yeux.

En ces dernières années, on a nommé une commission de savants qui a été chargée par le ministre d'étudier, dans les écoles primaires, cette grosse question de l'éclairage.

C'est M. Javal qui en a été nommé le rapporteur, et son travail est des plus intéressants. Il pourrait se résumer d'un mot : « Plus de lumière, plus de lumière! Il faut, autant qu'il est possible, assurer aux enfants la lumière du plein jour qui est la meilleure et la plus reposante de toutes.

On a beaucoup discuté dans la commission sur les avantages et sur les

défauts de l'éclairage unilatéral ou bilatéral.

Pardon! je me sers de ces mots qui
sont, dans ces sortes d'études, de langue
courante; mais peut-être ne vous re-
présentent-ils pas quelque chose de bien
net.

Toute salle peut être éclairée d'un
côté, par une série de fenêtres placées à
droite ou à gauche; c'est l'éclairage
unilatéral. Elle peut au contraire tirer
son jour de fenêtres ouvrant les unes à
droite, les autres à gauche, et se faisant
face les unes aux autres; c'est l'éclairage
bilatéral.

Vous ne sauriez croire ce qu'il a coulé
d'encre sur cette question des deux éclai-
rages. La commission avait prescrit, dans
la maison d'école modèle qu'elle propo-
sait comme un idéal à réaliser, l'éclai-

rage unilatéral. Il paraît qu'on s'est ravisé
depuis.

M. Perrin, avec qui je causais l'autre
jour de ce problème, me disait en souriant : « La question au fond n'en est pas
une. Toutes les fois que vous pourrez
éclairer des deux côtés, éclairez large-
ment des deux côtés ; vous vous rap-
procherez ainsi du plein jour, qui est le
véritable idéal. »

On a donc beaucoup fait sur ce point
pour l'école primaire ; c'est que dans
l'instruction primaire il fallait tout créer
à neuf. Qu'a-t-on fait pour les lycées ?
qu'a-t-on fait pour les établissements
d'instruction secondaire ?

Rien, ou presque rien. C'est un hasard
et un hasard heureux, quand une salle de
classe ou d'étude est pourvue d'un bon
éclairage. Les architectes du temps passé

n'attachaient aucune importance à cette question.

Ajoutez que nombre de collèges ou de lycées ont été taillés dans de vieux couvents et que, là, l'ombre du cloître n'était pas une vaine métaphore.

En vérité, en vérité, je vous le dis, ô mères de famille imprévoyantes! quand vous conduirez vos fils dans un établissement d'instruction publique, demandez avant tout à visiter l'étude où il travaillera et la classe où il écoutera le professeur. Si ces études et ces classes ne sont pas inondées d'une large lumière, remmenez votre fils. Le laisser dix ans courbé sur des livres qu'il ne lira qu'avec effort, c'est lui préparer pour son âge mûr une myopie presque certaine, pour peu qu'il ait la moindre disposition à cette infirmité; s'il est déjà myope, c'est lui assurer la cécité pour ses vieux jours.

On est longtemps à s'apercevoir du mal fait. Les organes de l'enfance sont en effet très élastiques et très résistants; la myopie chemine lentement et à pas sourds; mais c'est plus tard que vous payez la sottise faite imprudemment dans le jeune âge.

Toutes les mères savent fort bien qu'il faut faire à l'enfant ce qu'elles appellent un bon estomac; que tout homme qui a été mal nourri dans son enfance souffre, vers quarante ans, d'abominables gastralgies. Il en est de l'œil comme de l'estomac.

L'œil de l'enfant ne souffre ni ne se plaint, sauf de rares exceptions. On lui donne un mauvais jour et il travaille à ce mauvais jour; on éclaire la page où il écrit, soit d'un gaz qui tremble, soit

d'une faible lueur de quinquet qui char-
bonne et qui fume ; il va toujours, il a des
forces de réserve ; il en a une provision.

Mais la provision s'épuise, il emporte
de cet absurde régime, auquel sa vue a
été si longtemps soumise, un œil devenu
plus faible et incapable de résister soit
à de nouvelles fatigues, soit au moindre
choc. Les années se passent, et il ne
prend pas garde à la myopie qui s'ag-
grave. Il s'acharne à la besogne, il lit
en chemin de fer, il va au spectacle et,
le soir en rentrant, la tête sur l'oreiller,
il ouvre encore, soit le roman qui vient
de paraître, soit le journal, et il ne
s'endort que quand les yeux le piquent.

Tout cela va bien cinq ans, dix ans ;
et puis, un beau jour... Ah ! un beau
jour... Mais me voilà amené à conter
l'histoire de mon cas particulier.

CHAPITRE IV

PREMIERS SYMPTÔMES DE CATARACTE

Un jour donc, il m'arriva de voir passer devant un de mes yeux de petites mouches noires qui, après avoir traversé le champ de la vision, disparaissaient vite pour revenir bientôt après. D'autres fois, c'étaient des stries grises ou bleues qui s'interposaient entre l'œil et le livre. Je n'y pris pas garde.

Je n'y pris pas garde et j'eus tort. Il faut toujours, entendez-vous? il faut toujours tenir grand compte de ces premiers avertissements donnés par la nature. Je ne vois que gens qui me disent : « Oh!

3

moi, je n'ai rien. Je suis parfois impor-
tuné de petits points noirs qui me dan-
sent devant l'œil, mais cela n'a pas d'importance. »

Il peut se faire, mon ami, que cela ne
soit rien en effet; qu'un jour de repos
suffise à guérir l'œil d'une fatigue ou
d'une surexcitation passagère; mais,
sachez-le bien, c'est toujours par des premiers symptômes de cette espèce que
s'annoncent les maladies graves de l'œil :
la cataracte, le décollement de la rétine,
et d'autres encore que je ne connais
point. Je n'ai qu'un conseil à vous donner :
allez tout de suite chez un oculiste; ce
n'est pas là matière à badinage.

Les oculistes ont maintenant, grâce à
Helmoltz, un outil d'exploration si exact
et si puissant, qu'ils peuvent voir tout ce
qui se passe derrière l'œil et en saisir

tous les accidents. Il suffira parfois d'une
prescription donnée à temps pour arrêter
net la maladie ou du moins pour en suspendre la marche pendant des années.

Je fis, moi, comme tout le monde ; car
nous sommes tous aussi bêtes les uns
que les autres, et ce qu'il y a de plus
étrange, c'est que je ne vous persuaderai
même pas, vous qui me lisez : — Bah !
me dis-je, ce n'est pas une affaire ; les
meilleures vues sont les vues de myopes ;
je n'ai pas besoin de m'occuper de ce
détail insignifiant. — Le hasard fit pourtant que j'en parlai à notre ami Félizet,
qui est chirurgien des hôpitaux de Paris,
et que je savais homme de bon conseil.
Il prit la chose beaucoup plus au sérieux :

— Tu vas, me dit-il, tu vas me faire
le plaisir de venir avec moi tout de suite,
chez un de mes amis, le docteur Cheval-

lereau, dans l'expérience et le bon sens
de qui j'ai la confiance la plus entière.

Ce fut ma première consultation. Le
docteur m'examina avec soin l'œil dont
j'avais à me plaindre ; c'était celui que je
devais perdre et que j'ai perdu par un
décollement de la rétine. Le décollement
commençait déjà.

Il craignit de me porter un coup trop
sensible et ne se servit point de ce mot
qui m'eût effrayé.

— Il faut vous armer de patience, me
dit-il ; vous ne voyez déjà pas beaucoup
de cet œil-là ; vous y verrez bientôt
moins encore... Ce sera long... très
long.

— Mais long comme quoi, docteur ?
Un an, deux ans ?

Il esquissa un geste qui signifiait évidemment : Je ne sais pas, mais beau-

coup plus long que cela sans doute.

Il n'en dit pas davantage ; mais je compris son silence. Mon œil était perdu : heureusement la nature, qui est bonne mère, nous en a donné deux. L'autre me restait. Je suis né optimiste.

— Après tout, me dis-je, je ne me servais guère que d'un œil pour lire ou pour écrire ; l'autre ne faisait pas grand'-chose, il ne fera plus rien. Le mal n'est pas grand.

Quelques mois plus tard, je commençai à sentir dans l'autre œil des troubles tout nouveaux. Un détail surtout m'étonna et m'inquiéta : quand je sortais dans la rue, j'avais la sensation d'une sorte de poudroiement qui vibrait dans l'air. Les premières fois, je n'y fis pas grande attention.

— C'est drôle, disais-je, comme on

balaie mal à présent les rues de Paris !
L'air y est toujours saturé de poussière.

Mais ce phénomène se reproduisit si
souvent et avec tant d'insistance, que
je fus bien obligé de m'avouer que la
sensation était dans mon œil et non dans
les objets perçus par cet œil.

Je m'en retournai chez Félizet et lui
contai mon cas. Une seconde consultation eut lieu, à la suite de laquelle M.
Chevallereau, qui l'avait présidée, et Félizet, qui lui avait servi d'aide, me
donnèrent de bonnes paroles, mais des
paroles vagues qui ne laissèrent pas de
m'intriguer.

— Qu'est-ce que j'ai ? demandai-je
avec la curiosité que vous imaginez
aisément.

— Oh ! rien... peu de chose.

Et l'on me recommanda de fatiguer

mon œil le moins possible, de ne lire
qu'en pleine lumière, de m'économiser
le plus que je pourrais, etc. ; ces con-
seils d'hygiène banale, dont on amuse
les gens à qui l'on ne veut pas dire ce
qu'ils ont. A partir de ce jour, je vécus
comme enveloppé d'un secret, que je
sentais vaguement dans les poignées de
main plus affectueuses de mes amis,
dans l'air d'indifférence affectée avec
lequel ils me demandaient des nouvelles
de mes yeux, dans une manière de gaieté
forcée imprimée à la conversation lorsqu'elle tombait sur ce sujet, dans une
foule de petits détails dont chacun, pris
en soi, n'avait aucune signification, mais
qui, réunis et se répétant, avaient fini par
me causer je ne sais quel malaise.

De tous mes amis, le plus nerveux,
sans aucun doute, le plus incapable de

sang-froid, est certainement Charles
Garnier, l'architecte de l'Opéra. Depuis
tantôt vingt ans, nous dînons ensemble
tous les dimanches; il pouvait constater
que, de semaine en semaine, ma vue
baissait, et cette remarque le jetait dans
une agitation presque fébrile.

— Tu devrais, me disait-il, consulter
le docteur Perrin; c'est un des premiers
oculistes de ce temps; et, de plus, un
homme d'un jugement sûr, d'un esprit
net; point charlatan; un homme rare,
en qui j'ai toute confiance.

— A quoi bon? lui disais-je, je ne sais
pas ce que j'ai; mais il est clair que s'il
y avait quelque chose à faire pour le moment, Félizet, qui est du métier et mon
ami, s'arrangerait pour que je le fisse.

— Et tu peux vivre sans savoir ce que
tu as?

— Dame ! puisqu'on ne me le dit pas, c'est qu'il est inutile que je le sache.

Un dimanche, à mon heure ordinaire, j'arrivai chez Garnier; j'y trouvai une personne que je ne connaissais point, qui, tout de suite, me salua par mon nom. C'est une habitude chez moi d'avoir toujours l'air de reconnaître les gens; j'attends que la conversation me découvre qui ils sont. Tous les myopes, je crois, font de même. Je me mis donc à causer avec mon inconnu et n'eus pas de peine à m'apercevoir qu'il était médecin. La conversation tomba vite sur la myopie, et de là sur les maladies des yeux ; mon homme était un oculiste. Il parlait avec tant d'autorité et de bonne grâce que je fus bientôt sous le charme. Je lui témoignai avec vivacité le plaisir que j'avais eu de causer avec lui ; et

Garnier me dit alors en souriant :

— Je te présente le docteur Perrin.

.— Eh bien ! me dit le docteur, voulez-
vous me livrer votre œil? je vais y regarder.

Et il tira une loupe de sa poche.

Après quelques instants d'un examen
sommaire :

— Revenez demain chez moi, me
dit-il; il faut que je voie cela plus à
loisir.

Il avait, en parlant ainsi, un air grave
qui me frappa.

Le lendemain, j'allai au rendez-vous
et je vous jure que le cœur me battait
joliment ce matin-là.

L'examen fut long, ou du moins il me
parut tel. Puis le docteur me regarda
bien en face, ses yeux plongeant dans
les miens; il posa fortement ses deux

larges mains sur ses genoux et d'une voix très ferme, quoique très douce :

— Voici la situation, me dit-il.

Je tressaillis et mon sang ne fit qu'un tour.

— De vos deux yeux, l'un est perdu ; il ne vous a, à vrai dire, jamais rendu de grands services, il ne peut plus vous en rendre jamais aucun ; nous ne nous en occuperons pas.

Une sueur froide me passa par tout le corps.

— L'autre œil, reprit le docteur, est pris de la cataracte : on peut le sauver, nous le sauverons.

Je vis le ciel s'ouvrir.

— Et, demandai-je oppressé, est-ce qu'elle est bien avancée, bien forte, cette cataracte ?

— Elle commence, elle ira son train

jusqu'à ce qu'elle soit complète. C'est
alors que nous l'opérerons.

— Et qu'y a-t-il à faire en attendant?

— Rien. Continuez de vivre comme
vous le faites, sans excès d'aucune sorte
naturellement, et le jour où le travail
de cabinet vous sera devenu impossible
ou seulement difficile, revenez me rendre
visite, nous verrons ce qu'il y aura à
faire.

— Mais, demandai-je, combien de
temps estimez-vous que je pourrai me
servir de mon œil?

— Cela est impossible à préciser. La
cataracte est une maladie capricieuse;
elle a des haltes inexpliquées et des bonds
imprévus. Telle cataracte n'est mûre
qu'au bout de quelques années; telle autre
a fait son œuvre en six mois.

Le croiriez-vous? je sortis de chez le

docteur plus enchanté que soucieux. Je savais donc enfin le nom du mal dont je souffrais, la nature du danger que j'avais à courir. Cette certitude m'ôta un poids énorme de dessus la poitrine. J'ai depuis lors beaucoup agité dans mon esprit la question que cet incident y avait soulevée : Doit-on le dire? vaut-il mieux révéler ou cacher la vérité à un malade? C'est un petit problème de morale pratique que les circonstances avaient posé devant moi, qui m'a longtemps tourmenté et que je n'ai pu résoudre encore.

Le courage, on le sait, n'est que la faculté que l'homme possède d'adapter les ressources de son esprit, de son âme et de ses forces au danger qui le menace. Cette adaptation est plus ou moins rapide suivant les tempéraments, les caractères et les circonstances; mais il n'y a pas de courage sans cette adaptation.

C'est ce qui explique pourquoi tel homme, qui s'est montré courageux à un moment donné, peut être timide ou lâche dans un autre. C'est que, dans un cas, il a eu le temps de l'adaptation; il ne l'a pas eu dans un autre. C'est ce qui explique encore pourquoi le courage professionnel est si commun qu'on le compte à peine pour une vertu. Le couvreur s'est de longue date adapté à l'idée de tomber d'un toit; le médecin, à celle de contracter le croup ou le choléra; le marin, à la pensée du naufrage, etc., etc. C'est ce qui rend compte des paniques qui entraînent les plus braves, car la contagion de l'exemple leur enlève toute possibilité d'adaptation.

Vous pouvez pousser cette idée dans tous les sens et chercher vous-même les exemples qui vous la rendront plus sensible, vous verrez que partout où il y a eu courage il y a eu adaptation de l'esprit au danger prévu.

Il résulte de là que les dangers imaginaires, les dangers nés des ténèbres et de la nuit, font bien plus peur à l'homme que les dangers réels. Comment en effet adapterait-il son âme à un danger dont il ne sait ni la figure ni le nom, à un danger qui n'a pas pour lui de réalité précise?

Un fantôme épouvante souvent plus que ne ferait un voleur. Contre un voleur, on a ses poings, son couteau, son revolver. Contre un fantôme, que faire?

Tant que l'on ne m'avait pas dit que j'avais la cataracte, j'entrevoyais vaguement, à travers cet affaiblissement progressif de la vue, des maladies innom-

mées, prodigieuses, et la cécité au bout :
c'était le vague, le fantôme, et contre le
fantôme pas d'adaptation possible.

Mais le jour où l'on m'eut dit : « C'est
la cataracte que vous avez », — la cataracte, c'est un danger classé, connu,
prévu, étiqueté, réel, — tout aussitôt,
je pus adapter mon âme à ce danger : la
possibilité du courage m'avait été rendue.

Voilà un beau sujet de réflexions phi-
losophiques!

CHAPITRE V

JE ME PRÉPARE A L'OPÉRATION

J'avais devant moi quelques années
peut-être et plus probablement quelques
mois. Je tablai sur quelques mois. Nous
étions au commencement de l'hiver;
toute mon ambition fut d'atteindre le
mois de juin, parce que c'est au mois de
juin que j'en ai fini avec les conférences
et que le théâtre me laisse plus de
liberté. J'avais d'ici là un pas difficile
à franchir; je m'armai de courage et de
patience; *j'adaptai mon âme.*

Il faut, me dis-je, faire jusqu'au bout
bonne contenance. C'est par l'allégresse
d'esprit, par la bonne humeur et la gaieté

4

que je vaux surtout, si je vaux quelque chose. Il faut donc, en dépit de tout, rester allègre et gai.

Je donnai la consigne à mes amis; ils eurent ordre de ne jamais me demander de mes nouvelles; j'allais bien, il fallait que j'allasse bien.

J'ai toujours une foule de travaux en train, je me plus à en accroître le nombre. J'acceptai sans y regarder de trop près la plupart des conférences qu'on m'offrit à faire en province. Au boulevard des Capucines, j'avais établi que j'aurais un jeudi de repos chaque mois, je le supprimai. Il m'arrivait parfois, au temps adis (comme il arrive à tous ceux qui écrivent tous les jours dans un journal), il m'arrivait, quand j'étais fatigué ou que le journal était plein, de remplacer l'article ordinaire par un simple entrefilet

bâclé sur un coin de table. Je m'interdis
ce délassement.

Je commençais déjà à lire plus malai-
sément; il fallait prévoir l'heure où, mon
œil se refusant à faire le service, je ne
pourrais plus suffire à la besogne de lire
ma correspondance, les mémoires, les
brochures que l'on m'envoie de toutes
parts, les livres nouveaux qui m'arrivent,
et d'écrire mes articles quotidiens. Je pris
les devants, je résolus de dicter. Rien
n'est plus difficile ni plus pénible à qui
n'en a pas l'habitude. Mais la nécessité
est une maîtresse impérieuse. Je supprimai de mes lectures tout ce qui n'était
pas absolument indispensable. Oh! si
vous saviez combien il y a des choses qui
ne sont pas indispensables à lire et qu'on
lit tout de même! Que d'inutilités nous
avalons sans y prendre garde! Je priai

quelques personnes en qui j'avais toute
confiance de me préparer les lectures
que j'aurais à faire moi-même, de m'in-
diquer les passages caractéristiques ou
les chapitres importants. Enfin j'organisai
vigoureusement ma vie en vue de la
résistance. Je tenais à faire bonne figure
jusqu'au dernier jour, et à tomber, si je
tombais, face au destin.

Je me trouvais là dans une situation
d'esprit fort extraordinaire et que j'ai
pris plaisir à étudier sur moi-même ; car
l'homme qui a contracté l'habitude de
l'analyse psychologique finit par posséder
une faculté très curieuse de dédouble-
ment. Tandis qu'il agit, il porte en lui
comme un autre lui-même, qui le regarde
agir, qui s'amuse à voir les mobiles par
lesquels il est poussé, à en mesurer la
force, à en juger la valeur.

Je m'étais imposé la loi d'échapper à ma préoccupation et de jouer devant le monde le personnage que j'avais été jusqu'alors tout naturellement; et je me regardais jouant ce personnage et, quand l'effort se sentait, je m'en rendais compte.

Je ne sais si vous avez lu, dans un roman de Dickens (le titre m'échappe), l'histoire épisodique d'un aliéné dont la folie est très singulière.

Il se conduit de la façon la plus sage du monde; tous ses discours sont d'un bon sens parfait; tout le monde le croit, non seulement sain d'esprit, mais prudent et sage. Il est le seul au monde qui sache qu'il est fou, et son bonheur est de garder pour lui le secret de cette folie. Il rit au fond de son cœur des éloges que l'on donne à la rectitude de son esprit :

— Comme tu parlerais d'autre sorte,
comme tu tremblerais dans ta peau si
tu savais comme moi que tu as affaire à
un fou qui peut impunément t'étrangler !
car la folie autorise tous les crimes.

Peu à peu l'idée fixe l'envahit, s'em-
pare de l'être tout entier, et un beau
jour la folie, dont il ne peut plus conte-
nir le mystère, éclate furieuse.

J'ai plus d'une fois, dans cette période
de ma vie, songé au fou de Dickens. Je
me divertissais intérieurement à voir
les gens me complimenter sur mon im-
perturbable bonne humeur et je me ré-
pétais comme le fou de Dickens :

— Ah ! s'ils savaient !...

La marche de la maladie fut très lente
jusqu'au mois de mai ; mais, vers les
premiers jours de ce mois des fleurs,
elle fit des progrès très rapides. Je

constatais chaque jour une nouvelle dé-
croissance dans la possibilité de voir.

Un jeudi soir, au boulevard des Capucines, je fus obligé de m'avouer vaincu.
J'avais apporté quelques citations du
livre sur lequel je devais faire une leçon;
je m'étais mis une goutte d'atropine dans
l'œil, ce moyen m'ayant jusqu'alors
réussi; mais, ce soir-là, l'atropine n'y fit
rien. Quand je voulus lire, les caractères se troublèrent sous mes yeux; je
dus m'arrêter, très ému.

C'était par bonheur la dernière con-
férence de la série.

Je fis à ce public que j'enseignais
depuis dix ans des adieux assez mélan-
coliques. On m'accabla à la sortie de
poignées de main :

— Bon courage, et au revoir!

C'était la fin. Il fallait prendre un

parti. Je m'en allai chez M. Perrin.

— Voici, lui dis-je, le moment marqué par vous ; je ne puis plus lire ni écrire ; je ne puis plus travailler. A quand l'opération ?

— Vous voyez encore à vous conduire ?

— Sans aucun doute, et je suis venu seul chez vous ; mais la vie, pour un homme comme moi, ce n'est pas de se promener dans les rues un bâton en avant, de reconnaître les gens à la voix et de tailler une bavette avec eux, c'est de faire sa besogne. Si je reste dans cet état de demi-cécité, je vais être obligé de suspendre tous mes travaux, car on n'est journaliste qu'à la condition de se renouveler sans cesse.

— C'est juste, me dit-il, d'un ton pénétré et profond.

Il avait un air soucieux qui me donna fort à penser.

— Voyons, me dit-il, votre œil.

Il l'examina longuement, sa préoccupation était visible.

— Et vous êtes décidé à subir l'opération? Eh bien! revenez tel jour, nous recauserons de cela.

Je n'ai su que depuis ce qui inquiétait M. Perrin. Si je m'en étais douté, il est probable que j'aurais eu moi-même une fière peur.

La cataracte ne s'opère que lorsqu'elle est complète, que lorsqu'elle est mûre, comme disent les médecins. La mienne, outre qu'elle était acccompagnée d'accidents particuliers dans le détail desquels je n'entre pas, était loin encore du terme, assigné par les oculistes à l'opération.

L'opération, dans les conditions où je me trouvais, offrait donc un aléa redoutable. Redoutable pour moi, cela va sans dire; mais aussi pour l'opérateur. Je suis, de ma nature, et grâce aux circonstances, un être extraordinairement bruyant; un échec pouvait donc être désagréable à M. Perrin, si haute que soit sa situation, si grande que soit sa renommée.

Je n'ignore plus aujourd'hui qu'il pesa longuement ces considérations dans son esprit. L'avant-veille du jour où une décision définitive devait être prise, Garnier, qui ne dormait plus d'inquiétude, s'en alla chez le docteur et le supplia, les choses étant ainsi, de remettre l'opération à quelques mois.

M. Perrin lui dit simplement :

— M. Sarcey se trouve dans des con-

ditions particulières. C'est pour moi un
devoir de tenter l'opération, un devoir
de conscience. Je crois pouvoir répon-
dre du succès. Je ne vous dirai pas que
j'irai là sans inquiétude ; mais, soyez tranquille, une fois son outil à la main, un
chirurgien est toujours en possession
de son sang-froid ; il ne tremble plus.

Eh bien! c'est ce courage que j'ad-
mire chez M. Perrin et dont je lui ai
une reconnaissance qui ne finira qu'avec
ma vie. L'habileté de main n'est pas
rare chez les oculistes ; mais ce qui est
moins commun, je crois, c'est cet esprit
d'initiative et cette hardiesse.

M. Perrin aurait pu m'ajourner en se
conformant aux données de la science,
avec l'assentiment de tous ses confrères ; il n'aurait obtenu que des remer-
ciements de tous mes amis ; et il m'eût

opéré un an, deux ans, trois ans plus
tard, sans l'ombre d'un risque.

Il y en avait un terrible et il a eu le
courage de l'affronter. C'est à ce courage que je dois la vue.

CHAPITRE VI

LES FRÈRES SAINT-JEAN-DE-DIEU

Les Frères Saint-Jean-de-Dieu possèdent, rue Oudinot, une manière de maison de santé, d'hôpital payant, où ils
n'admettent qu'une sorte de malades :
ceux qui doivent subir une opération
chirurgicale quelconque. Les chambres
sont disposées et aménagées pour ces
sortes d'opérations; le personnel des
infirmiers est habitué, par un long exercice, à donner aux opérés les soins que ré-
clame leur état; les bâtiments s'ouvrent
sur de vastes jardins où circule un air
pur et embaumé de la senteur des roses.

Il fut entendu que ce serait là qu'aurait lieu l'opération à laquelle j'étais condamné.

Quand le bruit se répandit à Paris que j'allais, moi, le farouche ennemi des congrégations religeuses, moi, le *tombeur* assermenté du parti clérical, me remettre aux mains d'hommes qui portaient une soutane et répondaient au nom de Frères, ce fut, parmi beaucoup d'honnêtes gens qui me font l'honneur de me témoigner quelque intérêt, un grand étonnement, j'allais presque dire un grand scandale. Toutes les feuilles dévotes, ou soi-disant telles, s'emparèrent de l'incident et la résolution où je m'étais déterminé devint un texte inépuisable de railleries faciles : je fus blagué, c'est le mot vrai de la situation, je fus blagué sur toute la ligne.

Je pourrais d'un seul mot clore la bouche aux railleurs. Il me suffirait de dire que M. Perrin avait exigé de moi ce sacrifice, et que, prenant la responsabilité d'une opération hasardeuse, il avait parfaitement le droit de ne la tenter qu'avec tous les atouts dans la main.

Je suis trop sincère pour me dérober derrière ce faux-fuyant. La vérité est que M. Perrin, tout en marquant sa préférence pour la maison des Frères Sant-Jean-de-Dieu, m'avait très obligeamment proposé de m'opérer, si j'y tenais, chez moi au milieu des miens. La vérité est que cette combinaison m'offrait certains avantages dont le moindre n'était pas de plaire aux personnes amies qui désiraient veiller à mon chevet, et de n'ajouter rien aux

charges de l'opération qui devait lour-
dement peser sur mon budget.

Je dois le dire et je le dis très nette-
ment : si je consentis à me confier aux
Frères Saint-Jean-de-Dieu, ce fut sans
doute un peu par déférence pour M. Perrin, qui avait fait choix de cet établissement ; mais ce fut surtout, avant tout,
par coquetterie, pour donner un éclatant
exemple de tolérance.

Oui, de tolérance.

En quoi consiste la tolérance? Est-ce
à transiger avec les adversaires sur les
idées que l'on soutient contre eux? Point
du tout. Sur le terrain des idées, il faut,
quand on croit posséder la vérité, être
très ferme et très net. Mais les adversaires, on peut, on doit même les tenir
pour des hommes de bonne foi, pour
des hommes sincères dans leur opinion,

comme on l'est soi-même : on doit n'a-
voir contre eux aucun parti pris ni
aucune haine ; on doit les traiter comme des gens qui, s'ils n'étaient pas aveu-
glés, finiraient par penser comme nous,
et tout ce que l'on peut faire à leur égard,
c'est de tâcher d'ouvrir à la lumière
ces yeux qu'ils ferment ; mais est-il
donc interdit, en cherchant à leur
ouvrir les yeux, de leur donner la main ?

Oserai-je rappeler que j'ai écrit en ma
vie deux articles qui m'ont sans cesse
été jetés au visage et par les journaux
intransigeants, pour qui ces articles
sonnaient comme une palinodie, et par
les feuilles dévotes, qui s'en targuaient
pour m'accuser d'inconsistance et de
légèreté ?

Le premier était un récit des services
que les Frères de la Doctrine chrétienne

5

avaient rendus, en qualité de brancar-
diers dans la guerre de 1870. Le second
était une peinture des écoles, connues
sous le nom d'écoles Saint-Nicolas, que
j'avais été à même de voir et d'appré-
cier, et dont j'avais parlé avec admiration au public parisien.

Je ne crois pas avoir jamais publié
d'articles qui aient fait plus de bruit
que ceux-là. Les journaux de la libre-
pensée me traitèrent de renégat et me
lâchèrent des bordées d'injures. Quant
aux feuilles vouées au cléricalisme, elles
prirent plaisir à reproduire tout ou partie de ces articles, qu'elles ne manquè-
rent pas d'accompagner de commentai-
res désobligeants et aigres.

— Vous voyez? disaient ces messieurs;
il est lui-même, en ses bons jours, forcé
de convenir que la religion enfante des

miracles. Quand il parle autrement, c'est que l'esprit de parti l'entraîne; il ressemble à l'âne de Balaam qu'une force supérieure contraignait à louer le Dieu de vérité.

Et tandis que j'étais ainsi fusillé des deux côtés :

— Quelle idée ces gens-là, me disais-je, se font-ils de la tolérance? Quoi! voilà de braves et honnêtes Frères qui s'en vont, au péril de leur vie, ramasser les blessés sur les champs de bataille, qui portent dans ces fonctions pénibles et périlleuses un admirable esprit d'abnégation et de dévouement : et je n'aurais pas le droit de le dire!

Quoi! voilà d'un autre côté des hommes qui ont fondé sur un plan particulier des écoles modèles; qui donnent l'instruction à des fils d'ouvriers; qui les

forment à un état et qui, à la sortie, prennent soin de les pourvoir des outils
nécessaires à l'exercice de cette profes-
sion; qui en font d'honnêtes gens et de
braves travailleurs; qui font cela sans
en tirer d'autre profit que le profit très
éventuel d'une lettre de change tirée sur
le bon Dieu : et je n'aurais pas le droit
de reconnaître et de publier le bien
qu'ils font! et je serais obligé de me
taire parce qu'ils sont d'un autre parti !

Mais cela n'a pas le sens commun,
mais cela est absurde!

Je veux (car c'est là la coquetterie de
la tolérance); je veux pouvoir rendre justice à mes adversaires.

Est-ce qu'au *XIXe Siècle*, où j'écris tous
les jours, nous n'avons pas tous, — et
je dis tous sans exception, — est-ce que
nous n'avons pas, tout en combattant de

toute notre force ce qui nous semblait
blâmable ou dangereux dans les tendances et les agissements du parti clérical,
reconnu hautement ce qu'il pouvait avoir
fait de bien, et, en tout cas, est-ce que
nous n'avons pas mis les personnes à
part de la guerre que nous faisions aux
idées?

On vient me dire : « Vous avez ap-
prouvé de toutes vos forces le décret en
vertu duquel étaient expulsées certaines
congrégations, et vous êtes forcé maintenant de rendre justice aux services que
ces congrégations rendent! »

Quelle singulière façon de raisonner !

Ce que nous avons attaqué, condamné,
blâmé chez les congrégations, c'est leur
entêtement à ne point se conformer à
la loi. On leur avait dit : « Faites-vous
reconnaître, puisque la loi le veut ainsi. »

Et elles avaient orgueilleusement ré-
pondu : « Je m'en moque ! » Que devions-
nous faire, nous qui tenons que tout ci-
toyen, de quelque habit qu'il soit revêtu,
doit obéissance à la loi de son pays?

Nous n'en voulons point aux congrégations religieuses parce qu'elles sont
religieuses : nous leur en voulons parce
qu'elles ont les défauts inhérents à leur
institution, et que nous croyons très pré-
judiciables à l'esprit moderne. Elles font
parade d'un orgueil qui est intraitable ;
elles sont dévorées du désir de s'accroître
et de s'enfler ; si bien qu'à les laisser
faire, l'Europe tout entière ne serait
bientôt plus qu'une terre de mainmorte.

Nous nous sommes toujours élevés
contre ces tendances. Sitôt que nous
avons pu les surprendre dans quelque
fait de la vie des communautés, nous

les avons signalées à l'animadversion du
public. Est-ce une raison pour ne pas
reconnaître que les congrégations religieuses ont de bons côtés et peuvent se
rendre utiles? Est-ce une raison surtout
pour ne pas séparer les hommes de la
cause qu'ils défendent? pour ne pas être
de bonne et indulgente composition
envers les uns, tandis que pour l'autre on
est intraitable.

Eh bien ! oui, je suis allé chez les
Frères Saint-Jean-de-Dieu; j'y suis allé
sans y être forcé, parce que cela m'a
plu, et que j'ai cru bien faire en y allant.

Et j'ajouterai de plus que je suis sorti
de chez eux pénétré de reconnaissance
pour la bonne grâce et la bonne humeur
de leur dévouement. Ce sont des infirmiers modèles. Et l'un d'eux même le
frère François, dont on a tant parlé dans

les journaux à mon sujet, est mieux qu'un infirmier, c'est un homme fin, instruit et aimable.

Ne me pressez pas, j'ajouterais qu'ils m'ont paru très, désintéressés. Tout ce que j'ai demandé en dehors du règlement ordinaire, comme nourriture ou comme soins, je l'ai obtenu et n'ai rien retrouvé comme supplément sur la carte.

Bref, je n'ai que de la gratitude à témoigner à ces excellents Frères, et notamment à celui que le hasard avait attaché à ma personne : le frère Apollinaire. Je ne sens aucun embarras à faire ces aveux. Je crois, en parlant ainsi, mériter l'approbation de tous les hommes de sens.

CHAPITRE VII

L'OPÉRATION DE LA CATARACTE

La veille du grand jour, j'allai serrer la main à mes amis et leur faire mes adieux ; je dînai chez Félizet, qui cacha sous une conversation très vive et très gaie les inquiétudes dont il était tourmenté, car il savait mieux que personne que je jouais une très grosse partie et dans le fond de son cœur il eût préféré, lui médecin et au courant des choses, que je me résignasse à attendre encore.

— Tu sais, me dit-il quand nous prîmes congé l'un de l'autre, que si je n'avais pas la plus entière, la plus abso-

lue confiance dans le jugement sain et
dans la main habilé de M. Perrin, jamais
je n'aurais permis que tu te fisses opérer; je m'y serais opposé même par la
force.

Et il ajouta en souriant :

— *Etiam manu militari.*

La nature heureusement m'a doué
d'une constitution très robuste; je n'ai
pas de nerfs. Je dormis d'un somme
jusqu'au lendemain matin et partis pour
la rue Oudinot sans trop d'appréhension,
l'esprit libre et allègre. Je me couchai
tout aussitôt dans le lit qui m'était des-
tiné et je n'y étais que depuis cinq
minutes que je vis entrer Félizet :

— Je viens, me dit-il gaiement, prendre une leçon ; les oculistes sont les
bijoutiers de la chirurgie ; je suis bien
aise de voir comment ils s'y prennent.

Nous badinâmes sur cette définition de l'oculiste qui me sembla très jolie; puis M. Perrin entra.

Félizet déclina son nom; ce nom, qui est déjà célèbre, ne pouvait être inconnu de M. Perrin. Il accueillit avec beaucoup de bonne grâce ce confrère qui venait, quoique chirurgien des hôpitaux, se mettre à sa disposition en qualité d'aide.

Je n'avais pas osé, la veille, demander à Félizet de me rendre ce service, car j'ignorais si c'était là une démarche qui fût dans les usages professionnels; mais j'avoue que je fus tout réconforté, lorsque, étendu sur le lit où j'allais subir l'opération, je sentis sa main dans la mienne. Il me sembla que, lui étant là, le succès était immanquable.

Je n'entrerai pas dans les détails de

l'opération; tout ce que je puis dire aux
malheureux qui seront condamnés à la
subir après moi, c'est qu'elle n'est pas
autrement douloureuse; je ne leur con-
seillerais évidemment pas d'aller là par
partie de plaisir; mais une dent arrachée
cause plus de douleur effective.

Ce qui rend l'opération redoutable et
pénible, c'est l'appréhension que l'on
en a et qu'il est impossible de dompter.
J'avoue que j'ai senti là une des plus
grandes humiliations de ma vie.

Le docteur m'avait dit :

— Tenez la prunelle tournée en bas
et laissez-vous aller; ne vous raidissez
pas surtout.

Qu'y avait-il de plus facile à exécuter
que ce programme?

— Voilà qui est entendu, me disais-je;
je ne me raidirai pas, puisque c'est l'ordre.

Et je me raidissais de toutes mes forces pour ne pas me raidir. Et quant à la prunelle tournée en bas, il n'y avait pas moyen; quand je voyais, car je voyais un peu encore, quand je voyais ce diable de bistouri se promener sous la paupière supérieure, invinciblement, d'un mouvement incoercible, la prunelle remontait vers l'acier que tenait la main de l'opérateur.

— Regardez en bas, me disait doucement M. Perrin.

— Regarde en bas, reprenait Félizet d'une voix mal affermie.

Et moi je sentais contre moi un mépris mêlé de fureur, car, après avoir, par un terrible effort de volonté, ramené la prunelle en bas, elle m'échappait et comme poussée d'un ressort elle remontait.

— Je suis humilié, docteur, disais-je

dans un extraordinaire état d'énerve-
ment; je suis humilié, très humilié; je
croyais qu'on était toujours maître de
ses mouvements; je n'en suis pas maître;
c'est humiliant. A quoi sert-il d'être phi-
losophe ?

— Calmez-vous, me disait M. Perrin;
ce sont des mouvements réflexes.

— Je connais la théorie des mouvements réflexes, mais je ne suis pas
maître de moi, et je suis humilié.

A travers cette conversation, M. Perrin
saisit un joint, m'ouvrit l'œil, le cristallin
sortit; l'opération était faite et bien faite,
avec une rapidité et une sûreté de main,
dont Félizet ne parle encore qu'avec
admiration.

— Voyez-vous ma main? me dit l'opérateur en l'agitant au-dessus de mon
œil.

Je la voyais dans une espèce de brouil-
lard humide :

— Oui, lui dis-je, je la vois.

— Alors, voilà qui est fait.

Et cependant il releva encore la paupière qu'il venait d'abaisser, regarda
attentivement, puis, montrant à Félizet,
dans mon œil, je ne sais pas quoi qui ne
lui parut pas catholique :

— Je n'aime pas cela, dit-il.

Félizet était penché sur mon visage ;
je ne les voyais ni l'un ni l'autre, mais
je sentais qu'il se passait quelque chose
d'insolite, qui avait l'air de compromettre
le succès définitif de l'opération ; j'eus
comme une défaillance.

J'ai su depuis que c'était l'iris de l'œil
qui, gros, lourd et mou, comme il est
chez les myopes extrêmes, refusait de
se contracter et de reprendre sa posi-

tion normale. M. Perrin s'arma de ci-
seaux et d'un mouvement hardi coupa,
ébarba plutôt les parties débordantes de
l'iris. Ce fut un effroyable éclair de douleur. Ma main se crispa violemment
autour de celle de Félizet, que je sentais
moite.

— Pour le coup, me dit Félizet, ça y
est, mon bon Sarcey; c'est fini, tu peux
dormir tranquille.

On me rabattit la paupière sur l'œil
endolori; on m'entoura la tête de larges
bandes, qui devaient maintenir le panse-
ment, et j'eus ordre, — c'était un ordre
absolu, — de rester sur le dos, parfaitement immobile, avec défense de tousser,
d'éternuer, de faire aucun mouvement qui
pût rouvrir la plaie et vider l'œil malade.

On m'enjoignit encore de dormir si
je pouvais et en tout cas d'éviter toute

pensée qui pourrait agiter le sang et le faire monter à la tête.

— Vous n'aurez aucune fièvre, me dit M. Perrin. Vous ne serez point malade. Vous conserverez donc la libre disposition de votre esprit; c'est à vous de vous maîtriser.

— Ah! docteur, lui dis-je, il y a seulement une heure, je vous aurais dit comme Auguste :

Je suis maître de moi...

A présent je ne réponds plus de rien. Je ne suis plus qu'un être vil et lâche qui est à la merci des mouvements réflexes; je suis l'esclave des mouvements réflexes; vous voyez un homme humilié, très humilié.

On roula mon lit dans un coin de la

6

chambre, on tira les rideaux et l'on ins-
talla près de moi un Frère qui fut chargé
de surveiller mon sommeil, si je parve-
nais à dormir.

Je ne dormis point.

Ce n'était pas que la douleur fût très
vive. Je ne saurais trop le répéter à mes
confrères en cataracte : ni l'opération ni
les suites de l'opération ne sont très dou-
loureuses ; ce n'est pas une douleur lan-
cinante, aiguë, comme celle du rhuma-
tisme articulaire, par exemple, ou de la
néphrétique. Je n'éprouvais dans toute la
région de l'œil opéré qu'une douleur dif-
fuse, sourde et latente, comme celle que
l'on sent à la suite d'un fort coup de poing
qui aurait fait voir trente-six chandelles.

Mais c'est un autre tourment dont
j'eus à souffrir et il est bien problable
que tous ceux qui ont subi la même opé-

ration et peut-être même tous ceux qui
subissent une opération chirurgicale passent par les mêmes affres.

Au premier moment qui avait suivi
l'opération terminée, j'étais tombé inerte
comme un bœuf qu'on assomme ; la con-
trainte que je m'étais imposée si longtemps s'était en quelque sorte résolue et
fondue dans un affaissement subit ; toutes
les forces que j'avais accumulées et dont
j'avais fait provision s'étaient détendues
d'un seul coup et j'eus quelques moments
de prostration, où je ne songeai plus à
rien ; je ne fus plus qu'une bête qui vient
d'être frappée d'un coup furieux dont
elle a été étourdie.

Mais cet état ne dura guère ; il fut
suivi d'un autre tout à fait singulier que
j'ai pris plaisir à étudier sur moi-même,
et qui vaut la peine d'être décrit.

CHAPITRE VIII

LES SUITES DE L'OPÉRATION

On m'avait recommandé de ne point penser, et, je ne sais comment cela se fit, mais ce fut, dans tout mon être, comme un bouillonnement, comme une tempête de pensées qui s'agitèrent en tumulte et avec une sorte de fièvre. Il semblait que l'immobilité du corps fouettât l'activité de l'esprit, en faisant pétiller le sang, que j'entendais confu- sément courir avec impétuosité dans mes veines.

Tout homme de lettres qui travaille beaucoup a toujours sur le chantier un

las de sujets de pièces, de romans, de
théories esthétiques, d'articles en pré-
paration, de choses à faire et que la
plupart du temps il ne fait pas faute de
loisir ou de courage.

J'eus comme la sensation que tous ces
thèmes de travail étaient déchaînés à la
fois, qu'ils s'emparaient de mon cerveau
et le battaient en tout sens : c'était
comme une grosse volée de mouches
bourdonnantes ; je cherchais à les rat-
traper, elles m'échappaient et se co-
gnaient à tous les coins de mon esprit
avec un bruit effarouché.

J'étais surpris et agacé de cette im-
puissance à tenir ma pensée en bride.

Il n'y a pourtant pas là, me disais-je,
de mouvements réflexes. Quelle drôle de
chose ! Il est des jours où l'on a une
peine de tous les diables à réveiller la

pensée de son engourdissement. Pourquoi, d'autres fois, quand on la voudrait
tenir à-la chaîne, brise-t-elle tout lien
et s'élance-t-elle avec fureur, avec rage?

Je ne saurais dire ce que, durant la
première partie de cette longue nuit,
j'ai bâti de chapitres de romans et ima-
giné de sujets d'articles. Et tout cela se
faisait en moi, malgré moi ; car à peine
avais-je obtenu de ma pensée qu'elle se
détournât d'un des objets qui la sollici-
taient, qu'elle m'échappait des mains et
se jetait sur un autre.

Je m'avisai alors d'un artifice qui
m'avait déjà réussi plusieurs fois, quand
j'avais voulu, dans certaines circonstances
graves, calmer et le bouillonnement du
sang et l'agitation de la pensée.

C'était, — ne riez pas! — c'était de
faire des vers latins.

Le vers latin est un exercice méca-
nique qui a quelque analogie avec les
jeux de patience; il consiste à trouver
des spondées qui s'ajustent avec des
dactyles et à les faire entrer les uns dans
les autres. C'est un travail très minu-
tieux, qui occupe l'esprit sans le troubler.

Je me mis donc à composer une belle
pièce d'hexamètres, et je choisis naturellement pour sujet l'opération que je
venais de subir. Mais je ne tardai pas à
m'apercevoir que les mots me man-
quaient; je n'avais plus la prestesse que
je déployais autrefois à ce jeu.

— Parbleu! me dis-je, je m'en vais
faire des vers français; ce sera tout
comme. Il n'y a rien de si difficile à
composer qu'un sonnet, faisons un sonnet:
le sonnet, c'est le bilboquet de l'aveugle.

Parmi les vers latins déjà écrits dans

ma mémoire, il y en avait trois ou quatre dont je m'étais dit, en m'amusant de ce souvenir :

— Mon vieux professeur de rhétorique, M. Berger, en eût été ravi.

Et je m'étais rappelé en riant la moue d'approbation et le ton de voix onctueux dont il eût dit :

— Très bien! très bien! Oh! très bien!

Je pris un plaisir extrême à traduire ces trois hexamètres en vers français. J'avais le dernier tercet de mon sonnet. Tous les sonnettistes savent que c'est toujours par le dernier tercet que l'on commence un sonnet. Le dernier tercet c'est le mot de la fin, et le mot de la fin, il faut l'avoir au début.

Je passai ma nuit tout entière à chercher et à trouver les onze autres vers ;

je ne voulus à mon sonnet que des ex-
pressions exactes et des rimes d'une
richesse à satisfaire Banville. Je fus im-
pitoyable sur la consonne d'appui.

A cinq heures du matin, la besogne
était terminée et, comme un bon ouvrier
qui a fini son travail, je m'étais endormi
d'un profond somme.

Je ne puis sans rire penser à ce sonnet
parce que cette histoire a une suite qui
m'a paru plaisante.

Le lendemain matin, Garnier était
venu me voir avec M. Perrin, et comme
il me demandait de mes nouvelles :

— Ma foi! lui dis-je, depuis que je
suis aveugle comme Homère, je suis devenu poète comme lui. J'ai fait un sonnet !

Et je lui récitai mon sonnet.

Le soir, il rencontra le directeur du

Temps, qui s'informa auprès de lui de ma santé :

—Lui ! dit Garnier, il se porte comme un charme ; il fait des sonnets !

Et le directeur du journal, voulant rassurer mes lecteurs, fit passer une petite note, où il était dit que j'avais recouvré toute ma bonne humeur, et la preuve, c'est que je passais mes nuits à faire des sonnets.

Le lendemain au matin, je vis entrer dans ma chambre... — quand je dis que *je vis*, c'est une façon de parler, car j'avais les yeux clos de bandeaux épais. — Un jeune homme entra dans ma chambre, qui s'annonça comme un de mes confrères ; il était reporter dans un journal parisien.

— Il paraît, me dit-il, que vous avez fait un sonnet sur l'opération de la ca-

taracte. Mon directeur m'envoie vous
demander si vous voulez bien le lui
donner.

— Eh! bon Dieu, lui dis-je, quel intérêt voulez-vous que ces bagatelles
aient pour le public? On fait ces choses-
là pour soi-même et pour quelques amis.

Mais on se garde bien de les montrer aux gens.

Et comme il insistait avec beaucoup
de bonne grâce, assurant que ce serait
là une primeur d'un goût exquis :

— Mais, mon cher confrère, lui dis-je,
si j'avais pu croire qu'elle dût amuser
le moins du monde le public, j'aurais
donné ce sonnet à About qui sort jus-
tement d'ici; mais on m'a déjà bien
assez blagué pour mon séjour en ce cou-
vent; je ne veux point être l'homme au

sonnet de la comédie. Je ressemble à
Victor Hugo en ce point que je n'ai,
comme lui, fait qu'un sonnet dans ma
vie; j'aurai sur lui cet avantage de ne
jamais l'avoir laissé publier.

La convalescence fut rapide. Quand
ces sortes d'opérations ne se compli-
quent pas d'accidents survenus à la suite,
la blessure se guérit très vite et le malade
peut, au bout de quinze jours ou trois
semaines, être rendu à la liberté.

Il ne lui reste plus qu'à rapprendre à
lire et à écrire.

C'est une des particularités les plus
curieuses de l'opération de la cataracte.
Le myope, qui l'a subie, rentre en possession d'un œil, qui voit de plus loin,
qui possède une vue à peu près normale;
mais qui, en revanche, ne peut plus voir
distinctement les objets trop rapprochés.

J'ai en ce moment le plaisir, un plaisir très vif, de voir dans la rue à peu près comme tout le monde. Mais pour lire, pour écrire, il faut que je chausse sur mon nez des lunettes, qui me rendent le cristallin que l'on m'a enlevé. Ce cristallin était derrière l'œil ; les lunettes me le remettent devant, sous forme de verre. Mais c'est le diable pour apprendre le maniement de cet engin. Il y faut beaucoup d'habitude et les premiers jours sont très pénibles.

ÉPILOGUE QUI SERA COURT

Puisse ce véridique récit, ô myopes, mes frères, vous mettre la puce à l'oreille Sachez que toute myopie extrême aboutit presque infailliblement à la cataracte; et que toute myopie peut devenir extrême si l'on abuse de ses yeux.

TABLE

CHAPITRE VIII

Paris. — Typ. G. Chamerot, 19, rue des Saints-Pères. — 10193.

www.ingramcontent.com/pod-product-compliance
Lightning Source LLC
Chambersburg PA
CBHW071115260626
47162CB00006B/2326